欢喜

鲁娟 著

长江文艺出版社

鲁 娟

彝族，1982年出生于四川大凉山。曾获首届四川省十大青年诗人、第六届四川少数民族文学创作优秀作品奖、第十一届全国少数民族文学创作骏马奖、第九届四川文学奖特别奖、第六届徐志摩青年诗歌奖。出版有诗集《五月的蓝》《好时光》。

目录

辑一　她们

辑二　山中

辑三　给孩子们的歌

辑四　故乡

辑五　献辞

辑一　她们

拉布俄卓及女人群画像（组诗）

拉布俄卓①

太阳垂爱之地。
流淌金色的光线、金色的语言
和从十六个方向赶来宠她的金色人群
每天如大海般汹涌
母语鼎沸，人头攒动
金色波浪一阵高过一阵
金黄的节奏不知停歇
邛海和泸山光影交错
直到，傍晚的天空下站出我的母亲
你的母亲
——
那片土地太多隐忍女人中的一个！
因为她们，金色的浮躁得以消解
拉布俄卓的一天完美落幕。

———————

① 拉布俄卓：彝语，即四川大凉山西昌。

祖　母

"如果没有见过你祖父奔跑，
像匹马狂野，
像只羚羊敏捷，
像头豹子从容，
我怎会走进那个漫天星光的夜晚。"
祖母说，
"如果没有走进那个星光之夜，
我又怎么证明自己活着并美丽过。"

礼　物

傍晚时分
祖母坐了下来
老态龙钟的脸转向我
"谁也不能替你在这条路上，
必须自己去走"

"每一寸光阴正等着你爱
而你总落在后面或跑得太快"
"你在哪里，哪里就是中心
不必苦于外求"

叙述缓慢

词语复活

什物铮亮

从她的手中慢慢理出

"给你，

这些历经痛苦和艰辛浮出来的，

是黄连是苦楝是甘露是蜜汁，

是由黑暗转向光亮的全部!"

素描一

金黄的光线中走动着吐露金黄母语的女子

她们被阳光喂养，

体内藏有金黄的老虎

总是因为热烈、狂野，不容分说

在人群中被一眼认出。

素描二

她有一种无可比拟的美，

却不自知

足够的光，

足够的时间，

足够的世事和人，
之后才会那么美。

甚至一秒钟也不能少！
作为女儿
或者妻子
或者母亲
多亏她从没失去耐心，
辗转走过所有的细节

素描三

大地上真正的快乐越来越少
许多年来人们背弃了它
当一群身穿黑披毡的女人
在雪地里无拘束地追逐欢笑
以土地为轴心的世界
忽然旋转了起来
像她们无数次
摇晃褓褓中孩子的睡梦那样
干净明亮的雪
倾注所有的美
这一刻伺候了她们

素描四

清晨，她是金色
金色的头发，金色的肌肤
金色的手指穿梭于金色的尘埃

正午，她是绿色
绿色的脚踝，绿色的呼吸
行走于草木发出绿色的声响

夜晚，她是更多的
群山和星辰同时环绕
她常常一半深蓝，一半银白

素描五

沿灌木丛旁的小径，通向秋天深处
那些闪闪发光却又熟视无睹的腹地

多亏那个小女孩，踢着石子哼着歌
带领我们上路

她有海藻的长发、星星的眼睛
步伐坚定，不曾犹豫

不像那些迂回辗转依然纠结的路
或者苦苦无望后才抛却的路

她有她的步子
松鼠有松鼠的自在，流水有流水的方向

一开始就从未怀疑过，不像我
经历这么多才丢掉模仿的虚荣的自己

素描六

空气中飘浮着浓烈的不可言传的甘甜
三分之一，由她们构成
——
野樱桃，野刺梨，蒲公英
阳光转动她们的脸她们的身子
发出窸窸窣窣的声响
剩下三分之二
分别属于我和一个素不相识的女人
她牵着她的女儿，我牵着我的女儿
在一条小径上偶遇，心照不宣地微笑

自画像

嗨，你好！
我是五月清晨无名的蓝色小花，
我是二月夜晚奇异的果实。

我是金沙江边炙热的石块，
我是钢筋水泥间冰冷的铁。

我是山冈自由野性的风，
我是界限分明的围栏。

我是惊世骇俗的独立，
我是千年如一日的牺牲。

我是快马加鞭的急迫，
我是流水绵长的缓慢。

我是土地的歌者，
我是大海的水手。

我是男人中的女人，
女人中的男人。

我是完美无瑕的理想，
我是漏洞百出的生活。

我是所有矛盾的综合体，
我是所有综合体中的矛盾。

我是瓦岗所圣①独一无二的发音，
我是各种语言混杂的融合。

我是语法的亲戚，
我是文字的女儿。

三十多年来，我苦苦痴迷
只因除此以外，我别无他长。

---

① 瓦岗所圣：彝语，即四川大凉山雷波县瓦岗。

苔蕾丝的十幅肖像

某一天，当读到《苔蕾丝·德斯盖鲁》
我怀疑弗朗索瓦·莫里亚克来过我们的村庄
一千个村庄住着一千个楚楚动人的苔蕾丝
一千个村庄出走一千个楚楚动人的苔蕾丝
她们如出一辙，互为正反面
她们是彼此远方的影子
极其相似又如此不同
——

一开始命运就被安排的苔蕾丝
白白美丽无法被欣赏的苔蕾丝
渴望爱而从没获得爱的苔蕾丝
温顺服从又不甘妥协的苔蕾丝
敏感冲动又麻木不仁的苔蕾丝
小心翼翼又孤注一掷的苔蕾丝
一生想逃离却从未离开的苔蕾丝
不经意酗酒而不可自拔的苔蕾丝
患抑郁症而无法被理解的苔蕾丝
惊世骇俗而又悄无声息的苔蕾丝
仿佛从未存在过却已被经久遗忘
她们回到弗朗索瓦·莫里亚克的笔下
当我合上《苔蕾丝·德斯盖鲁》，某一天。

古陶罐

等待到绝望的最后一刻，
奇迹就会发生。
女人们赤脚，
穿过村庄去取水，
盛于双乳般的容器，
在久旱无雨的大地上，
喂养我们。

母　亲

鱼儿们徜徉于

温暖的母性之湖

那金子般、金子般

波光粼粼的湖水啊

无论遭遇多少冰冷或坚硬

始终润泽

女人不在的火塘会熄

女人不在的森林会黑

女人不在的山冈会慌

一千个生生不息的村庄

端坐一千位楚楚动人的母亲

春天里

第一个孩子出生便夭折，第二个亦如此
她几乎活不下去
直到有了第三个孩子、第四个，甚至第五个

山上住着多少这样的女人
历经破碎依然完整
历经伤害却反弹更多的爱

她们双手穿梭于春天卷曲的灵魂
满山蕨草一次次被摘取
又一遍遍疯狂生长

她们如祖母在夜里静静端坐
怀揣黄金的缄默
省略春雷般惊天动地的往事

阿玛①

当她念叨起儿孙们的名字
——
"阿古阿且阿哈尔布尔日友惹
依则嫫金曲嫫尔库嫫曲尔嫫
……"
多像一颗颗精致的珠子
重又挂回年轻起伏的胸前

---

① 阿玛：彝语，即奶奶。

一个阿玛穿过城市

她穿过马路时
我正好在斜对面

她高高的颧骨
至今美丽的身影
令我自惭形秽

她有些惊慌
有些眩晕

就像熟悉的羊
忽然找不到回家的路
或者一下子迷失方向

如果不是听到低语：
"噢，救救这些可怜的人吧!"
我怎会知道她正为整座城市祈祷

姑娘们

她们轻易带来明晃晃的夏天
所到之处，
一丛绿爬上一丛绿
一寸新鲜追上另一寸新鲜
从林间到河岸
从玉米地到打麦场
没有任何来由地大笑
婀娜的腰身左右摇摆
河水一次比一次涨高
鸟鸣一阵高过一阵
害羞的少年因此拐早了弯
她们依然一遍遍大笑
没有来由，停不下来
与好脾气的秋天撞个满怀
一不小心，露出三三两两的花头巾。

小晨曲

一个早起的人
在清晨行走
一处小黑点
游移于大地

这个粗枝大叶的人
稀有、莽撞，想要惊动
无数没有醒来的美

体内藏有松涛
一阵又一阵
他的孤独显而易见
他的热爱更胜一筹

渴望在路上遇见
一个散发桉树气息的女人
她的皮肤有青稞的光泽
她的头发有密林的波浪

秘　密

有一刻，
她离我如此之近
几乎可以触摸。
这遥不可及的钻石，
竟然就在这里。
我忍住没告诉她：
她曾是全部的幻想
是对我过去荒唐生活的颠覆
或许神派她来拯救我。
但我假装一动不动，
犹豫着是否要向她走去。

当

她重又回来，仿佛从未离开。
很长一段日子
不见其灵巧的身姿、清脆的啁啾
甚至感觉已经失去了她！
而这一次重逢
她的羽毛更加鲜亮
她的歌声有更多露水的润泽

那些消失不见的日子
到底经历了什么
使得她愈发美丽动人
神灵缄默不语
十月悄然来临
原来一切迂回辗转
都有其不可言传的深意
当她重又回来，仿佛从未离开

女　人

夜色太过缓慢，
甚至漫长，
它准备了足够久
足够多的黑想要打败我

所有模糊的面孔将淹没
所有不确定的方向将偏转

但，全部黑暗也遮蔽不了我！
有光照亮自己的路。
其实，我是由磷和钨、水和果实、月亮和花朵
所有发光的元素构成，
即使你们对此一无所知。

夏　夜

一个夜晚，甜蜜的汁液溢了出来
母亲在左，女儿在右
月光把她们染得银亮
晚风送来花朵的暗香

母亲念我乳名时
我也在念女儿乳名
女儿大笑时
母亲也大笑

我躺在她俩中间
左边慢慢枯萎，右边渐次盛开
一条永恒通道连接我们
连成奔涌不息的长河

三条看不见的河流
在我们体内汩汩流淌
菩萨赐给三个女人整夜的清凉
三朵睡莲在黑暗的湖中微微荡漾

镜中人

这眼神熟悉，又恍如隔世
来自我的童年或暮年
我的女儿或我的母亲
它刚刚生长或早已衰老
以我为轴，相互叠合
使我常常不知自己是谁
有时未满四岁，整天欢喜
在泥土和树叶中玩耍
有时年过八十，唏嘘不已
与世事爱恨完成和解

立春日

一定有些什么在融化
某时辰，某一分，某一秒
空气中飘散出
微微甜，微微醉
微微妙不可言

我惭愧几乎察觉不到
那些微微甜，微微醉
微微妙不可言
仅仅随女儿欢叫奔跑

她兴奋不已，像只小鹿冲进地铁
我吃惊于拥挤人群里
许多麻木不仁的面孔
他们竟然失去为孩子们让座的柔软

一定有些什么在开导我
某时辰，某一分，某一秒
我忽然领悟这一天幸福备至
我的母亲和我，还有我的女儿
一路欢叫奔跑

这一天多么平凡但却重要
当我小跑追逐女儿
又回过头等等母亲时
失去知觉的人头攒动中
仿佛我向谁投去一口
微微甜，微微醉
微微妙不可言的野蜂蜜

甘　泉

她始终在这里，
等着我饮。

知道我总会渴，
不在这时就在那时。

她不怕多迂回或漫长，
有一天我会回到这里。

哪怕她一直在光亮中，
而我一直在阴影里。

她从来不急，
一点点清除黑暗，一步步扶正我。

"妈妈啊，善良如您强大如您
教我原谅了这个漏洞百出的世界"

祷　告

重要的不在于她念些什么
或者为什么念
在于她念到那些爱的名字时
渴望给予祝福的偏执
狭隘却热烈，完全不容分说
以至于爱每次都成全了她
让她像一尊神闪闪发光
当她洗净双手，跪在神灵们面前

梦

她端坐在梦中
梦中一所林间小屋

白发苍苍的老人多么美呀
置身于五光十色的波浪

脚踝响动绿色的童年时光
腰间轻系粉色的少女时光

指间穿梭棕色的中年时光
肩膀停歇橘色的暮年时光

床沿飘浮蓝色的梦幻时光
茶几铺陈巧克力色的浪漫时光

还有一些零碎的、规则的
鹅黄色、橙红色、银白色等不知名时光

股股分散
间或重合

她缓慢地挑选一匹匹喜爱的布料
任屋外的光阴滚滚飞逝

荡 漾

我见过月光如水的夜晚

散布群山的屋舍

三三两两，相互依偎

它们像情人又像姐妹

它们古老又年轻

在月光下散发出深深的迷人的温柔

那温柔无边无际

一圈圈往外荡漾

万物寂静，星光旋转

群山延绵，河流奔腾

至今，谁遇到我，依然继续被荡漾。

夜　宿

一夜雨后
远山三三两两银白

大雪怎样落下
我错过些什么

山上住着从未出过远门的女人
我本应是其中的一个

可她们那么近
我那么远

她们那么慢
我那么快

那些雪仿佛一直在
又仿佛刚刚落下

我仿佛在梦里
又仿佛醒来

当远山三三两两银白

我忽然回到那些女人当中

仿佛我从未离开

又仿佛昨夜才回来

辑二　山中

山　中

从泥土里新鲜取出的索玛花
由一个男孩双手捧着
他的眼睛清澈，没有经历过失败和破碎
像一匹刚出生的马驹
或一头闲逛的小鹿
经过我，被我经过

这普通得不能再普通的清晨
这山野，这洁白，这清澈
立即修复了我，仿佛从未经历失败和破碎
轻微的战栗从脚底涌至头顶
令我随时做回一只云雀自在鸣唱
或一股清泉静静流淌

寻隐者不遇

上山一路，越走越静
细微的声响渐渐消失
花朵放慢开放
草木收拢弧度
灌木丛伪装得恰到好处
仿佛小兽们从未出没
也无野果不时掉落
光线在苔藓上折返略淡
偶有鸟鸣漏出一二
虽越走越近
又怎会遇到山中隐者
我的体内尚存太多尘世欲望
和剪不断理还乱的纠结

无　事

山中无事
最好的光阴在其中
从山上下来的人
未想一晃就白了头
匆匆轻易离开后
渴望每一步艰难返回
一生全部的忙碌
只为重返林中溪涧
日照岩石
山中无事啊
所有奢求的日子最终攀沿至此

黄　昏

黄昏。金色的光倾泻

延伸至每条分岔的小径

节日的余温久久不散，空气中飘浮着

尘土的气息，蕨芨的气息

树木的气息，马匹的气息

男人的气息，女人的气息

母语如蜜汁汩汩流淌

翻滚看不见的波浪

夜幕尚未降临

相互啜饮迫不及待

群山环绕

星空旋转

叫不出名字的河流悄然奔涌

一匹马，一棵树

或一只口弦

随时可能飞升起来

有翅膀的人

一个平凡而熟识的清晨
他们回来了

穿过入冬第一场大雪
公鸡第一声打鸣
从时间的缝隙
火焰的纹理中
跳上滚烫的嘴唇
被我们呼唤
反复赞颂

他们赤脚、卷发，慈眉善目
端坐祖灵的位置
回到木质的器皿
像从前那样大口喝酒，吃肉

作为一个孩子
我曾有幸触摸过那马鞍形状的翅膀
当他们离开快要起飞的时候

尤　物

来自森林的小客人
顺沿光的阶梯，时间的纹路

光滑的小身体，奇异的浓香
和泥土紧紧贴合在一起

突然降临于暗淡无光的尘世
来到我们中间

让我们短暂复活
给予我们短暂的暗示

精灵们依然存在
神在看不见的地方爱着我们

不管我们多么愚昧、肤浅、盲目
她们一直等待或者企图等待我们醒来

赞　美

我不是没见过白云映照天空
索玛①怒放大地
不是没听过鸟鸣落满山谷
歌声如泉水奔涌
那一天经过村庄
一树树枯枝上端坐的新雪
还是让我忍不住想动用这个词
一万种死亡来不及离开
十万种生长又匆匆赶来

---

　① 索玛：彝语，指杜鹃花。

某月某日

一不小心，爬上秋天的额头
山间的空气多么洁净
众神慈祥，端坐云端
万事万物，万事万物
静默相处，各自有序

一切皆不经意间获得
当我们放低心中的梯子
所有苦苦相求的东西
瞬间自然而然降临

往　事

不再给我们糖或盐，
不再教导更多，以及，带我们玩。

不再有使不完的力气，
不再勇往直前。

带我去森林，他的王国
灌木丛散落小兽的脚印
雉鸡鲜艳的羽毛在林间闪耀
小蛇从野草莓旁一窜而过
树叶踩得沙沙作响
松鼠高过头顶来回跳跃

"有头熊就在附近，看！它的脚印还在这里。"
"看！蛇爬过的草莓不能吃！"
"这种浆果的汁非常稠，可以粘住各种飞虫"
他的声调兴奋、高亢，
仿佛回到他的少年
像只欢乐的鸟，穿梭林间
他就这样下去，我和姐姐紧随身后

老去的父亲
什么时候开始忘记那些光荣的细节

什么时候开始小心翼翼，不知所措
像个失去主张的孩子随时等候引领

告　白

"嘘！不能用手去指那些山
不然你的小手指会变弯掉。"

妈妈曾这样告诫
那里住着山神，毫无疑问

我相信妈妈的话，毫无疑问
这是我对一座山最初的敬畏

山中到底有些什么
至今未知，但那句话有说不清的魔力

只有如实把这句话传下去
混合着我对女儿全部的爱

名　字

山中有獐子，也有麂子
有狗熊，也有野猪
有雉鸡，也有孔雀
有蛇，也有松鼠
我们给它们各种称谓
以便区别
当某一瞬，它们
偶遇我们中任何一个
惊慌失措之际
称我们什么才好

山中笔记

1

不必急急奔赴
也不必迟迟返回
没有什么事必须去做
也没有多余的时光荒芜
日晷照看一半的林子
另一半被我占有
麂子有麂子的优雅
牦牛有牦牛的闲散
野草莓有野草莓的一生
我有我的爱情
秘而不宣

2

为这葳蕤的草木
浓郁的松香着迷
多少光阴醉于花中
不计其数

多少石子随斑驳的光影

——闪烁

我像极了一只来回踱步的松鼠

漫不经心地徘徊

上一秒厌倦林间的寂静

下一秒又深深扎入其中

3

如此洪荒热爱来自内部

先祖的骨头和根

牢牢盘曲在此

分出多少枝丫

山中小兽和我

各为一支，同出一辙

爆发出野蛮的生长力

蠢蠢欲动

跃跃欲试

4

生长成这里的一切

一切的任意部分

生长为所有的日子

日子里任意一段

哪怕漫长的一生
没有一位心仪的访客
没有一次冒险的旅行

5

哪怕错过再多荣华
再多富贵
我独爱这山中的一日
始终不敢轻易起身
惊动这光，这影
这芬芳，这寂静
这美，这不可复得的全部

大凉山

大凉山的山
是大山中的大山
纵横八百里
每一座山都连着
另一座山
每一条河都连着
另一条河
每一本家谱都连着
另一本家谱
家谱中每一个名字
都闪着古老的印记
携祖传的慷慨仁慈
代代流传

这样的抒情有些古旧
却永不过时
满山的石头
多像素未谋面的先祖
静静端坐
只要你爱，
它就会捧出源源不断的乳汁

源源不断的甜

永远喂养我们

传说中黑色的山脉

由男人的骨血构成

于是女人们心甘情愿地住下去

从颜如桃花到白发苍苍

小夜曲

有一些凌乱，
但经典
当这些天生的建筑师
忙碌开来。
那些巢，
随处可见
在高高的核桃树上，
或者白杨树，
或者板栗树。
……
蛐蛐声清脆的夜晚，
我和它一起醒着
一只小鸟蛋，
因喜悦而轻轻颤抖。
仰望一颗星星，
它离得比我更近。

雨中曲

我听见雨水敲打树皮的声音，
童年的小手出来开门，
沿着一圈一圈的年轮。
我听见尘埃反弹的声音，
它们吮吸，尖叫，被滋润
迷恋着这流水的身体。
我听见蚂蚁一家窃窃私语，
像极了我不苟言笑的父母
不知如何是好地爱着女儿
我听见许多人聚合又分开
分开又聚合
在这滚滚不息的尘世。

亲历者

湖水慢慢变蓝，开始一丁点儿
再一丁点儿
最后铺天盖地

翅膀轻轻颤动，开始一下
接着再一下
唤醒整座山谷

一个清晨
往往总是这样醒来

最早舞动的蝴蝶
迎面遇上宣哗涌入的人群

它的快乐因为没有欲望
闪亮得格外刺眼

自　在

一只羚羊贴在岩边
睡着了，悠然自得
一簇野花怒放扎人的
光芒，浑然不知
一块石头在它的国度
安静中秘密沸腾
如果一个孩子愿意，
他随时可以跳跃成
这污浊尘世里任意一团雪

石头记

我一出生，就看见它们。
石头的父亲，石头的母亲
石头的儿子，石头的女儿
它们同样温柔默默地看着我

出生之前，它们就爱了我很久。
不动声色的，汹涌澎湃的爱
在它们体内藏了多久
对此我一无所知

但我知道，每一块都比我古老。
坚硬的，圆润的
扁平的，狭长的
心怀满世界的仁慈
寂静无声地爱完我的一生。

六月过署觉瓦五①

离天很近的地方
云雾缭绕，草木洁净
万事万物各自安好
途经人不敢高声语
须怀敬畏、自省、慈悲
才能避开一场雨水说来就来

---

① 署觉瓦五：彝语，指四川凉山州昭觉县的一个村落。

大地上的事

1

我收藏过许多秘密。

多不过一座山。
山中有一座山
山中还有一座山

山里藏着多少皱褶
皱褶里藏着多少村庄
村庄里藏着多少美人
不得而知啊
不必得知

2

我见过许多爱。

多不过一块荒地。
被粗大的手抚摸

被饱满的嘴唇亲吻
被干涸的心渴望

没有丝毫耗损，
野蛮的力开垦了它们。

黝黑的气息浓烈翻飞，
消失的人们跳了出来。

3

我感受过许多柔软。

多不过一洼湖水。
各种颜色温润的舌头
舔舐她的脸

有些咸
有些涩
有些混合后的甜

所有的光一起汇聚
所有的母亲一起召唤

4

我听过许多古老。

多不过一个夜晚。
一个人开始走动
一群人走动开来，
一个人开始歌唱
一群人跟上歌唱，
一个人开始舞蹈，
一群人随着舞蹈。

只有古老的村庄
只有古老的人
没有失去村庄的人啊
没有人失去村庄。

辑三　给孩子们的歌

给欢喜

宝贝，如果你
没有经过麦浪翻飞的黄昏
没有走过针叶铺成的地毯
没有抚过啃食青冈树叶的嘴唇
没有听过风穿过马尾松的回响
没有闻过青草和泥巴混合的芬芳
没有喜欢过月光下歌唱的土拨鼠
怎敢说，给你的已足够
如果我没有吻过灌木丛里的无名蓝色小花
没有爱过大地上劳作而皲裂的手
又怎敢说，教你的都是对的
苍穹之下广阔无垠
带你去的第一站旅途
是我没有登上过的小山
这一次，我会带你爬得高些
更高一些

爱

我爱过许多看得见、看不见的金黄，
并深深牢记

当你长成我的眼睛
我的嘴巴
我的耳朵
我的身体
我的心
还将把那些看得见、看不见的金黄
继续爱下去

一想到这，我只怕爱得不够多不够用力
不够把苦难之后
幸福的闪电穿过我的每股细流
全盘如数传给你

光

我们都曾迷醉过无数声音
——

蜜蜂在花间吸吮，
蛐蛐于草丛鸣叫，
溪流淌过石子，
微风轻抚松林
……
唯独没有这种，
没有一种比这更美妙，
当清晨，第一缕光
洒落你的发丝，
你的额头、你的鼻尖、你的嘴唇
将你流水的曲线嵌入这斑斓的世间

吻

再没有比这更美好的事，
当两片小小的湿润的嘴唇将要贴上来。

午休时分，
她从一个绿色的梦里醒来
母亲躺在她身旁
——
轻轻地，试探地
她找寻熟悉的气息，
世上独一无二熟悉的气息！
越来越近，越来越近
小手移了过来，
一点点抚摸记忆中这张脸庞：
仿佛她还住在红石榴般汹涌的居所，
游过波光粼粼的羊水
沿若隐若现但却坚定的亮光
第一次看到了母亲的轮廓

当两片小小的湿润的嘴唇将要贴上来，
再没有比这更美好的事。

花　园

许多那样的时刻，她躺在我身边
近得闻见那座花园的气息

她的体内住着无数草木、花朵
众多鸟鸣、溪水
属于她的太阳、月亮、星辰
以及一万种秘密和光亮

那些与生俱来的财富
装满小小天然的国度

呵，如果说作为母亲
我曾向她敞开通往世界的门
那么，她已经回馈给我
一条更加迷人芬芳的路！

路

暮色将至
她在泥土里玩耍
散乱发辫奔跑
风把她的笑声传得很远

我想追上她
带她绕过我曾遭遇的
荆棘的路，沼泽的路
无助的路，迂回的路

可她并不理会，继续往前
把我领向一条从未见过的路：
无论历经多少黑暗，绝望后的绝望
依旧相信美好的事情即将发生！

协奏曲

傍晚，暗香浮动
风把甘甜送去合适的方向，
万事万物接受滋养，
吮吸各自需要的部分。
女儿反复练习"妈——妈"，
这原始的发音和周围的声响
同属一个声部，
——

有的来自植物的根部，
有的来自小兽的喉头。
所不同的是，一不小心
我的快乐，高过了所有的暗处。

夏日短歌

一支轻快明亮的歌

从一万声啁啾中

脱颖而出

它替所有的美发出声音

桦树柏树停止交谈

云雀伸出脑袋张望

斑驳的光亮在苔藓上歇息

一切愁绪都已了结

所有的希望都有了眉目

为它轻轻和音的是，

一处林荫庇护中的孩子

呵，这漏往人间的福

沉沉无辜地睡去

——

口含薄荷

心盛清泉

金色之歌

刚开始，丁点儿金黄跳了进来
爬上她的头发、她的睫毛
她的脸蛋、她的脚趾
——
把这酣睡的小人染得金黄！
金色的鸟儿在窗外接着叫唤，
发出金色的啁啾
——
这些金色的线条越流越宽，
织成无数金色的波浪，金色的瀑布金色的海洋！
金色的花，金色的树，金色的人群在其间涌动
金色的喧嚣就快要充满这座金色的城！
噢，这金色的一天，终于完全拉开。

蝴　蝶

我们在一条小溪旁的草丛里

发现了她正扇动五光十色的翅膀

轻盈、优美地飞舞有如幻觉

女儿一边小跑着追逐，一边兴奋地大叫

"她是我的好朋友！"

"你怎么知道?"

"因为她的眼睛一看到我就发出星星的光！"

"噢，天!"

我确定她俩心灵相通

在她们天然默契的国度，

我才是那个笨手笨脚的不速之客。

温　泉

"妈妈，快来呀!"

临睡前，女儿嚷道

"到哪里来?"

"快来泡热乎乎的温泉啊!"

"在哪里？我什么也看不见。"

女儿咯咯大笑，

让我跟着她学尽最大努力伸展自己的手脚

接着慢慢蜷缩成一团

反反复复，乐此不疲

直到困意彻底打败我们

她蜷缩成一团暖暖的可爱的小球

终于滚进我的怀里，仿佛一刻也没离开过

果然这时，黑夜向我们倾倒出了一股热乎乎的温泉。

听唱歌的门

"妈妈，别走，快停下来！
前面这扇门需要我唱歌才能打开。"

我四顾张望
没有发现她说的门

"你还没看到吗？
这里有一扇透明的门，
需要听到我唱歌它才会打开。"

她开始咿咿呀呀哼唱了一段
"门打开了，请进，妈妈。"

于是，我们这样走一段停一段
终于推开最后一道抵达家的门

"我今天可真累啊，
唱了这么多好听的歌。"

蜗牛先生的家

宝贝拿出白纸
开始画蜗牛先生的家

画出一张桌子、一把椅子
一张小床、一个枕头

一台有天线的电视
又画出一个圆圆的东西

"宝贝，这是什么?"
"这是夜灯呀，蜗牛先生晚上就不会害怕了"

"对了，还要在桌上画一个花瓶
花瓶里插一朵小花，一定是紫色的"

"为什么呀?"
"因为我喜欢紫色啊!"

蜗牛先生家的聚会

"妈妈，我给你讲一个故事马上开始了"
"蜗牛先生从外面搬回一块萝卜，它很开心！"

"它邀请了很多小伙伴到家吃萝卜，
大家一起咔嚓咔嚓，很开心！"

"蜗牛大婶也加入他们的队伍
咔嚓咔嚓，她也很开心！"

"妈妈，这个故事讲完了
对不起，它有点短。"

乌 云

去往外婆家的路上
宝贝望着车外长久不语

忽然朝向天空大喊
"乌云先生，请你帅一点，好吗？"

"乌云先生，请你不要离白云太近
不然会下大雨的！"

"乌云先生，请你不要挡住白云
也不要乱脱袜子，不然会感冒的！"

蚯蚓

"妈妈，我昨天在泥土里发现了一位蚯蚓女士。"

"哦，你和她打招呼了吗?"

"忘记了，当时我吓得赶紧跑掉了。"

"妈妈，你说得对，

我应该和她打招呼，

也许她可以跳蚯蚓舞给我看，

我可以唱歌给她听。"

"哈哈——

妈妈，我好想马上见到昨天那位蚯蚓女士啊!"

小　鸟

她们又相遇了
一只小鸟和一个小女孩

每次遇见，无论是否是那只小鸟
女孩都开心得手舞足蹈

"妈妈，快看！它又来找我啦
它是来过我家的那只小鸟，
或是它的妈妈或爸爸
或是它的哥哥或姐姐
还有也许是它的好朋友"

"哈哈，妈妈
它一直跟着我是不是因为非常喜欢我"

蜜

"妈妈，我想喝水。"
睡前关掉的灯被打开

"妈妈，我还想喝。"
"妈妈，我再喝一口。"

如此往复
来回打开灯数次

被窝里的家伙像头莽撞小熊又开口
"妈妈，再开一次灯！"

黑暗中妈妈的火山快爆发
"妈妈，这次请你喝。"

"为什么?"
"因为我害怕你口渴，妈妈。"

王 国

入夏之前，傍晚以后光线越收越晚
我和女儿赛跑，冲进一处林地
四下无人悄无声响，我兴奋地大喊——
"嗨，这是我们的王国！"
女儿立刻把小手指竖在鼻尖——
"嘘！妈妈，难道你不知道吗？
我们才是真正的客人！
不要吓着那些蜗牛宝宝们，
他们来散步的头会躲进大圆壳。
蚂蚁士兵们刚刚收完工，
在享受他们的美味晚餐。
蚯蚓先生也在咀嚼他喜欢的草根，
树上那只毛毛虫小姐还在睡袋里努力
说不定明天会变成一只漂亮的蝴蝶。"
她睁大眼睛继续说——
"不信，你去搬开那块石头
千足虫王后正摆动她数不清的小脚快乐跳舞呢。"

小歌手

几乎就要全盘接受自己的平庸
随生活的洪流滚滚而下

一个声音朝我奔来
"妈妈，你大声唱吧

想怎么唱就怎么唱！"
"妈妈，但你别模仿我我也不模仿你！"

五岁的女儿用一支曲子
轻而易举拯救了我

蚊 子

有一天，她说
"哼！你这讨厌的蚊子，
把我妈妈咬了一个包，看我怎么收拾你！"

又一天，她说
"妈妈，你怎么撞到自由的小蚊子了！
还不给她道歉？"

一切随她心情而定
蚊子只好有时是她的敌人有时是朋友

伪装者

"叶子虫拥有一双叶子形态的翅膀，
能完美地隐藏在树枝上，
它在树上来回移动时
看起来就像叶子在风中翩翩起舞"
"兰花螳螂爬上一朵花，
坐等小飞虫傻乎乎地撞过来，
成为它的猎物"
念到这里，她忽然打断我
认真且神秘地说
"妈妈，其实我的真实身份是一个精灵
很多时候我没有隐身，
只是为了陪你玩耍而已。"

意外事件

"我蹲在地上观察的时候，
发现三只蚂蚁在打架
它们头挨着头要对决
我对它们大喊

——

喂！别打了！小脑袋会撞坏的！
可它们不听劝，谁也不让谁
我想到一个办法，
去找一根小木棍
准备把它们分开
可是，当我转身再回头
它们不见了！"
她用怀疑的目光盯着我
不满地说，
"妈妈，和你讲过的不一样
看来蚂蚁们跑起来可快了！"

一个下午

彩色橡皮泥，在她手中
变化出蓝色的蛇、粉色的蛇、绿色的蛇。

"不要怕，它们很友好
这条蓝色的，好像特别喜欢你。"

"给它取个名字吧，安安、平平、娜娜
就叫安平娜吧。"

"你可以和它玩，想怎么玩就怎么玩
也可以重新做一个。"

"你想什么模样就做什么模样，
你想什么名字就叫什么名字。"

"开始吧，
就这么简单。"

整个下午，轮不上我插话
她掌控全部节奏

这五岁的小女孩，迫不及待
给我补上了一节精彩的语法和美术课。

秘　诀

我对她的手工倾慕已久
有一天，忍不住追问
她头也不抬
继续摆弄手中橡皮泥
"妈妈，很简单啊！
其实刚开始，
我也不知道想做什么
当我捏着捏着，
那些软软的家伙
顺着我的手指
就变成了它们想要成为的模样"
"哈哈，妈妈，你为什么这样看着我
难道我说的不是吗?"

清晨舞曲

她们穿红色裙子

黄色裙子

紫色裙子

白色裙子

昨夜的雨，为她们

送来晶莹的项链

这些小精灵们歌唱

自由旋转

以喜欢的方式

当我不小心撞见

试图赞美

所有的词都担心蹩脚

稍稍往后退了一步

小夜曲

当宝贝睡去，
蜷缩的身体仿佛回到孕育她的居所
汹涌澎湃
石榴般火热的容器，
那么椭圆，略不规则
经典——
可是有次遇见一朵杧兰，它微微前倾，
颤抖着把将开未开的花瓣围成一圈弧度
将花蕊们藏得恰到好处
就那么轻易地把它模仿。

奇　迹

偶有这样的时刻，
几乎让我看见。

有一次，一条小鱼刚死去
白色肚皮漂浮水面
我的孩子不停
沿流水的方向小跑
反反复复地念
"救救这个小可怜吧!"
"救救这个小可怜吧!"
声音跟着流水转了许多弯

某瞬间，某分钟，某一秒
它的尾巴轻轻摆了一下
紧接着背鳍也动了一下
它漂浮的小身体一点一点
试图努力，慢慢翻了过来
像只失衡的小船重回轨道
我的孩子欢呼，
用尽她能想到的词语
仿佛触电，

复活的仿佛是我们

几乎让我泪流满面
偶有这样的时刻

供 奉

川流不息排队的人群
轮到一个五岁的小女孩

趴在佛像脚下
手捧一块彩色橡皮泥

"菩萨，这是我做的魔法蜜桃送给你，
当遇到困难时
它可以帮助你增加力量！"

所有人在祈求无所不能的神灵
只有她一人专程为帮助而来

书　橱

看不见的时候
她们从书中跳出来
唱歌，跳舞，恋爱
有时也争吵，冷战，别离

一本书有一本书的欢喜
一个主角有一个主角的故事
一场命运有一场命运的不可替代

如果不是孩子们
怎么会看见，大多数时候
她们待在那里，假装从没动过

石　子

到如今，我早已平静如水
如传说中高深莫测之术

风吹不乱
雨过也不惊

或许因为正老去
而又不仅仅因为正老去

这些安静，更多是
爱和宽容带给我的礼物

的确，还有一些石子
在心湖间荡起圈圈涟漪

都是那些小家伙们扔的
她们是天使，她们爱折腾

她们迫使我一遍遍重新生长
她们让我在游戏中高声尖叫

无用之用

当我牵孩子穿过公园
一只蝴蝶吸引住我们
它轻盈、透亮
扑闪纯白的双翅
忽上忽下

优美有如幻觉
渺小几乎被忽略
——每天有多少人经过
却能有几次注视
与它空灵之舞相遇

然而，正是那空灵之舞
水晶之闪动
黄金之瞥
为所有喘不过气的现实世界
一直妙不可言地存在

辑四　故乡

我所爱的村庄（组诗）

一月

我所爱的村庄

钟表无用

夜晚自己降临

羊群像白云散步人间

有无风经过山冈

都不要紧

反正荞麦和马铃薯

随时蠢蠢欲动

劳作一天的人们

如梵高笔下的肖像

围坐火塘

谈论雨水和收成

或者谈论起一次狩猎

惊险的场面

高潮迭出

最精彩的描述关于

一只哺乳的母兽

"啧啧，你不知道

当它护住它的幼崽

那双眼多么温柔!"

"……"

"噢,我们不会

从不会朝这样的眼睛

伸出猎手!

要知道,先祖永远

在头顶看着我们"

二月

村庄处处藏通灵的使者

木匠有木匠的手艺

银匠有银匠的绝活

蚂蚁有蚂蚁的密语

飞鸟有飞鸟的旅行

稻草人有稻草人的使命

养蜂人有养蜂人的时令

毕摩①有毕摩的念诵

酒鬼有酒鬼的爱情

瞎子达曲有达曲的亮光

哑巴拉铁有拉铁的歌唱

老得一言不发的祖母

---

① 毕摩:彝族民间宗教中的神职人员,可译为祭司。

有祖母们的故事

一切相安无事又息息相系

然而任何时候

想破译这古老的奥妙

都将徒劳无获，为时尚早

三月

第一声布谷鸟啼叫时

有人躬身荞麦地

有人坐门前擀织

有人河边汲水

有人上山放牧

有人远嫁他乡

有人相思成疾

有人在火塘边老去

有人正剪断脐带

先祖说

布谷鸟是忠实的信使

年年敲响村庄的钟点

先祖说

村庄自有村庄的节奏

日出而作

日落而息

一切交给太阳
一切交给月亮
一切交给生生不息的土地

四月

土地上也曾来过不速之客
带来铁锹、锄头、挖掘机的人
如梦游的影子
出现在村庄附近
孩子们围着庞大的机器
新奇不已欢呼雀跃

他们为这片土地而来
为沉睡于大地深处的宝藏
"啊啵啵，远道而来的客人们
先喝了这杯见面的酒——"
土地的主人奉上比玛瑙更红的心

除非在这里，别的地方不会
强盗得到了宾客的礼遇
而先祖说
天有天的法则
地有地的法则
破坏法则者自会得到惩罚

五月

每棵树上都坐着一个孩子
如同先祖说过，每座山里
都住着一个护佑神
猜不透他们怎样爬上去
再小的孩子也有他的树可坐
晴朗的好天气和
他们的旧衣服
映衬得鲜明

每棵树上都坐着一个天使
他们的欢笑明亮、清澈
一股股清泉在树间奔涌
甚至并不懂得危险
风摇着他们高高在上的快乐

六月

有人用母语歌唱爱情
漫山遍野的花
从一朵到另一朵
怒放开来

比花更美的女子
藏在花头巾下
比花头巾更鲜艳的心事
藏进了口弦里

弹拨口弦的手指
从祖母手中接过针线
绣出太阳纹水波纹蕨芨纹
一年最美的日子就要到来

七月

众神走下云端舞蹈
精灵们一一出动
石头张开嘴巴
树木睁开眼睛
大地打开耳朵
共同啜饮火焰的嘴唇
共同爱上这个扭动水蛇腰的女人
她摇摇摆摆
带领我们上路
经过每个村庄
人畜平安的村庄
生生不息的村庄
"火不灭啊人不灭!"

八月

巨大的欢腾后
重返宁静
天那么蓝
没有一丝杂念

林间小兽偶有出没
各色蘑菇小心翼翼
爬满任何不经意的角落
洁白的玉米汁饱满得快要炸裂

时而豆子般的雨点
哗啦啦不邀而至
一个比一个响亮的乳名
被母亲唤得此起彼伏

九月

九月，雄鹰盘旋
一万种果实成熟在即
月亮这把丰收的镰刀
经过村庄每个孩子的窗前

野灌木丛野毛梨

野核桃野浆果

野花野蜂蜜

混成一片

支格阿鲁①的故事

甘嫫阿妞②的故事

撮曲阿玛③的故事

反复讲述了一万遍

十月

星星更加垂爱她们

这些高颧骨的女人

一生从未出过远门

守护一个又一个夜晚

牦牛群奔跑过的大地

溅起烧土豆的点点火光

不远处，獐子和麂子

温柔地注视着一切

① 支格阿鲁：彝族英雄史诗《支格阿鲁王》中的主人公。

② 甘嫫阿妞：彝族民间叙事长诗《甘嫫阿妞》中的主人公。

③ 撮曲阿玛：彝族民间故事中的人物。

古老的裙摆忙碌不已
闪现水井边火塘旁
女人在的故乡从不慌乱
一年中最好的日子就要到来

十一月

这一天，不用占卜
天气总会晴朗
五谷丰登的大地
一遍遍唤回先祖

这一天，不用怀疑
亲人们更加相爱
仇人也握手言和
每寸空气都传递着欢愉

每条路上都走着相互问候的亲戚
人头攒动，母语沸腾
谁也无法把一年丰收的喜悦
藏得不动声色

十二月

第一朵雪花落下

从远处叩响第一声召唤

谁将隔九十九座山听见

大毕摩闭目掐指一算

"是时候了。"

鹰的子孙沿雪的轨迹

纷纷赶回

第二朵第三朵第四朵……第九十九朵

踏着纯洁的密密的鼓点

以古老马帮风尘仆仆的速度

无限接近腹心

趁第一场雪来不及覆盖村庄

谁将立在入口，说出那句

"阿嫫①，亲爱的阿嫫，我回来了。"

① 阿嫫：彝语，母亲之意。

四月过故乡

无数次注视夜色缓缓降下
这一次却差点落泪
群山沉默，
像寡言的祖父
或老去的父亲
俯下身来轻抚我的额头
群山温柔，
索玛怒放淹没通向村庄的路
洁白的梨花静静赞美着母亲
各色花香就快要，
快要把我领回童年的家

西昌的月亮

清晨的栀子花
和今夜的月亮
一样好看
它们皎洁的光
印在杯中
印在书上
印在祖灵的额头
印在亲爱的你心间
坦白说，这么多年
我们丢掉了多少黑暗
才能看清它们的明亮

月亮下走路

月亮下走路
容易想起年轻的时候

年轻的时候
有哼不完的叮咚小曲

叮咚小曲里
有一直唱不完的故事

故事中白发苍苍的老祖母
想起年轻的时候

有一些小曲，
非得在月亮下走路
才会唱得出来。

戴花环的少年

山毛榉伸开拥抱的手臂
红枫托起鲜艳的下巴
灌木丛一遍遍踮脚张望

有孩童曾在溪边玩耍
欢笑如一弯新月
无处可藏
它们宠爱他，
犹如宠爱一头浣熊。

多少年来，
它们相信这个孩童
长成一位翩翩少年
依然喜爱戴花环的少年
明日，或许就在明日
将要爬上寂静的山冈

口 弦

它孕育过我，某个夜晚
一片，两片，三片
铜的质地，竹的外壳，
流水的音色在我未形成之前，浇灌我

它注定了我，交织弹拨
一片，两片，三片
独特而稀有，
在我开口之前
早已藏于我腹部

无数个静夜，
我听见从身体内部传来
一片，两片，三片
风经过松林发出沙沙回响
或者裙摆走动有窸窣之声

很多时候，我确定不是我
我是不由自主的嘴唇
我是嘴唇上不经意的露珠
我是露珠般好听的名字
我仅是那些名字中随意一个

美

一日一日从黑暗里脱胎而出
从泥土、水分，自下而上
汲取最柔软的汁液
浑圆的身体，空灵的舞蹈
我们见过她太多美

当锋利的刀尖划进金黄的肉体
传来细微的窸窣声
打开一瓣瓣我们曾想窥视的
流出取悦我们舌头的甜

渐渐饱满又在瞬间消失
这个过程多么残酷而美

我们这些金沙江畔长大的孩子
在那些不太高的树上爬来爬去
年复一年享用这美而毫无知觉

下雨天

那些气息紧跟着我!
——

高大笔直树干上
宽阔的枝叶
低矮灌木丛中
细密花草的根茎
夹杂其间
所有嫩绿的湿漉漉的脸
以及清晨小兽歇过的岩石
拱过的泥土
混合雨水
和一些老人早起的祈语
共同散发出新鲜浓烈
不可形容的迷香

如此浓烈,不可形容
压过一切!
究竟是什么?
紧追不舍,
穿过钢筋水泥的城市
在嘈杂琐碎的低处
让我被一眼辨认出

孤独集（组诗）

老　人

他的孤独是暮色中一块隐忍的铁
比冬天更冷
比岩石更硬
一日比一日更深
每当暮色渐晚，孤身一人
他的童年，他的玩伴
他的妻子，他的母亲
他成群结队的儿孙
重又回来
敲响他体内余音缭绕的大钟。

男人们

我还见过一些孤独的人
他们呼吸，散发柏树或松枝的芳香
他们谈话，峡谷立即回响
他们矫健，混同麂子豹子
优美的身影被阳光打在山岩上

如今他们老了
依然像一群不肯降服的老虎
盘踞在自己的山头
寂静无声时回首深深爱过和被爱的一生。

女　人

她的孤独是一面小镜子后所有的荒芜，
是一只童年丢失的兔子，
是一把木梳历经的纹路，
是一副耳环消磨的光泽，
是一簇蕨芨浓烈的气息，
是一只口弦弹出的全部，
是她终于承认，
非得时间和世事才能彻底把一个女人打开。

石　头

它的孤独来自短暂的一眼
万分之一秒对她的认定
从她出生即被深爱，
自孩童到少女到白发苍苍的老妇

"她那般光彩照人！"
多少年过去，

注视她的女儿、女儿的女儿
她的影子依然闪现

一块石头的深深孤独，
在于它永远活着
爱的人却如一缕闪电转瞬即逝

村　庄

她一直丰盈、圆润，
内心过于强大

允许人们取走所需
成群结队地离开

她深知那些厌倦的充满忧愁的人们，
始终要回到心爱的土地

在他们泪流满面出现之前，
她偶尔还是承受了意想不到的孤独。

酒　鬼

关于核桃树上的风
与孩子们的秘密

没有谁比他知道得更多

他的快乐直接、热烈
孤独更加显而易见
多少年来没有人懂

您知道，在我们的村庄
谁也无法不原谅一个粗鲁却善良的酒鬼
只要他趔趄的脚步
别惊动了深夜熟睡中我们的老母亲！

孩　子

他们不明白我为什么一定要回到这里
——
阳光跳跃、马铃薯滚动，
母语如蜜汁处处流淌的山冈

当我五岁，面对夜色缓缓落下
第一次感到莫名孤独
之后长长的一生注定如此
别的什么无法慰藉，除非这里。

蓝色小花

一朵蓝色小花悄悄踮起脚尖
渴望别在一位女孩的发梢或帽檐
随她蹦跳，哼上小曲
穿过林荫大道，到河的对面去

倾尽所有力量！
它要开出某一瞬最出众的蓝
几乎尖叫——
当粉红色的手指就要触碰到它腰身

"到河的对面去！"
"到河的对面去！"
如果不是女孩和玩伴嬉戏，一闪而过，
几乎成全了那个孤独而疯狂的念头。

离去的人

这个一无所有的人
死亡也不能令他有丝毫震颤

他高大魁梧的身体
曾扛过泥巴、树木、石块、名声、财富

……
以及其他许多东西

直到有一天发现
减少得越多越令他强大
而除了孤独和疾病
再没有什么可以减少
他毫无惧怕地度过了骄傲的一生

风

临睡前，一位忠实的小伙伴
捎来这封信

"和你们一起离开蓝色小花、绿色林荫后，
我爬上了高高的核桃树，
落在傍晚的屋檐下，
又跳进火塘的火苗里，
你们却一点儿也没发现我！"

"你们有你们的母亲，我也有我的
而我的母亲，正忙着吹走更多的孤独，晚安。"

旧时光

那时候，我们穷
除了彼此，
再也没有什么
一家坐在月光下
仰望它皎洁的脸
喜悦一下子进入心底
那时候，我们穷
除了彼此，
从不怕失去什么

月　亮

我不确定千万次凝视真正看到过她，
除了那个夏夜

当我还是个孩子，
独自躺在一块露天洗衣台上玩耍
无意间看见了她：
一张皎洁无比的脸
那样遥远又亲切，那般熟悉又如初次相见
周围静得没有一丝声响
没有一丝杂念
有种魔力吸引着我看下去
一直看下去
——
整个世界只有她！
直到随她飞升起来

事隔多年，我承认只有那一次
完全忘记过自己的存在
并不因为当时还是个孩子
也不是因为那晚汩汩流淌的银白色奶汁
毫不吝啬浸泡我小手小脚的缘故。

好东西

世上许多谎言，
可以被拆穿。
唯独有一些，
绝对不能。
五岁时，
父亲告诉我：
"天上云层中住着
一群又瘦又高的竹竿人，
地面之下住着
一群又矮又小的小矮人，
他们都是古老的精灵
而我们住在天上地下之间……"
我猜，
他父亲这么对他说
他父亲的父亲这么对他父亲说
所以，多少年来
无论经历过多少破碎
始终有一些好东西
留了下来

风　铃

他无师自通，
做过多少手艺
在单调的童年，
令我雀跃。

这只风铃属其中之一，
六十二年来，
多少次，
他抬头又埋头
认真打磨

他对这件手工艺
相当满意
就像当我们回家
他再别无所求

风一吹，
叮叮当当
响满整个屋顶
他头发花白
坐在当中

磁　铁

白昼的光吸引
花朵开放的密径

夜晚的月亮吸引
溪水底部的石块

经年的棋局吸引
走了又来的棋手

正方向的我吸引
反方向的你

缓慢的你吸引
急切的我

这世间，有一块磁铁
在出生地，始终等着异乡的我们

辑五　献辞

献　辞

下雪之前。倦鸟入林，猛虎归山
花朵返回根茎，词语收起翅膀
山谷流动看不见的窃窃私语

有一支曲子缓慢生长
里面有南方的阳光、炙热的石头
无名的蓝色小花和我五岁的模样

虽然缓慢，依然生长
三十多年来时隐时现
足够耐心，它总有一天也会成为大海
你应该知道，只要你
唯有你，如果你需要吟唱
一件不成形、笨拙的小乐器随时准备献出。

独予你

它穿越一切不可能的路，
抵达这里。

历经烈焰而丝毫无损
历经黑夜却比白昼更亮

比石头更坚硬
比海水更柔韧

除非尝过生活全部的苦和琐碎，
除非九死一生，有着绵长不绝的耐心

否则不会等到它！
没人知道它经历了什么，除非是你。

声　音

我不确定它出自哪里
——

露珠滴落树梢或者小兽拱过泥土
麦浪随风起伏或者泉水流经石子
飞鸟展开翅膀或者花朵瞬间绽放

我不确定那些音色里
是否有蕨芨般圆润的纹路
或者星空般经典的谜

甚至不确定我是否真的听到了它们
有时遥远，有时很近

但它一定在，一直就在某处
以至于我无意间顺着这声音找到了你

草原上

云朵倒映大地，走动成
小绵羊们洁白的皱褶
微风合适
阳光毫不吝啬赐予
野花也为它们加冕
在这草原上
该拥有的全都拥有
而我经过
只想最好的日子
最坏的日子
与你共度

我爱我们已不再年轻

不在过去，也非未来
就是现在

我爱你历经混乱和浮躁
历经失败和绝望

历经雨水和灰尘
与黑暗屡战屡败
屡败屡战
无限接近光明

我爱这些缓慢艰难的过程
不可替代
我爱和你一起生长
独一无二

我爱我们已不年轻
却比年轻时更爱

世俗生活

凌晨五点，黑漆漆的城市还没醒来
成千上万压抑的灵魂
暂时得到睡梦的抚慰
在黑暗的海里休憩如一朵朵睡莲

他们一旦醒来
就会从四面八方如潮水般涌向地铁
扮演小职员 A 小职员 B 小职员 C
偶尔扮成大老板 D，奔赴各自的站台
去接受命运的煎熬或恩宠

很快，我也会汇入这潮水
在茫茫人海中难以辨别
而这一秒到来之前，
我要告诉尔，
我爱你，尔爱我
在这世间，独一无二
愿你从这份爱中获得快乐
愿我们因此拥有与众不同的一天

一　天

大多数拥有不完美的一天，

沮丧、疲惫、破碎、失败、绝望的一天。

从四面八方挤上地铁，

各自散开。

但，如果没有那么多不完美

哪有钻石般

星辰般

稀有的

完美的偶然一天。

傍　晚

喧嚣的一天
就要过去
……
"听！那块石头会唱歌"
一个玩耍的小男孩自语
向大地弯下腰去

简单生活

神啊！

当您决心救一个人

请取走——

他的辉煌璀璨

他的劣迹斑斑

请取走他惊世骇俗的履历

出门之前，

最后帮助他

摘下别在帽檐上

仅仅为了好看的虚荣

馈　赠

历经多年耗损，
他却越来越有力。

石头磨为玉，
贝壳蓄成珍珠。

有过多少黑暗，
就有多少光进驻！

他走进川流不息、为生计奔波的人群，
领受不同命运带来相同的馈赠。

手　艺

散步时我停了下来，

在一幅残缺的杰作前。

不仅是雨水

可能还有风，和别的什么

折破了它的网

天黑之前，它几乎达到圆满。

晶莹剔透的丝

一根缀一根

一圈连一圈

密不可分，完美精湛。

某一瞬，不！

应该是千万分之一瞬，

它被某个小小的不经意的失误戳破。

这不圆满藏在圆满的一切中，

并不醒目，

但却难忘。

一只自在的蜘蛛，

不计较过去，

也不关心未来，

波澜不惊，继续埋头织网。

有些人一眼就会被它吸引，

比如我，才开始学会缓慢叙事和生活。

浮生半日

一只鸽子在阳光下踱步
低头和自己玩耍
用短小的喙啄它的影子
偏向左，偏向右
分不清哪个更真实

多像我，常常在镜子里
照见另一些
暴躁的，安静的
轻率的，谨慎的
尖锐的，柔和的影子
到底哪个更像我

而，此时
这微风，这间隙
这清闲的，放下一切的我
一定是从忙碌的旋转的我那里借来的

广场上

晚风低低地吹
出门散步的人那么多

人群喧哗
拍动各种分贝的浪花

忽然，有一支旋律
仿佛从地底下冒出

时远时近
我竖起耳朵仔细聆听

我以为只有我一个听见
但有个男人分明和我同样神情

他和我素不相识却又如此相似
周围人群继续发出各自声响

和我们相似的，还有一位
蹒跚行走、正咿咿呀呀学语的孩童

她朝那支旋律冒出的方向

兴奋大叫，努力挥动小手试着抓住什么

小　坐

在略微有些长的间隙
我们并排坐着，全程沉默

他不开口
我并无话说

这沉默显然筛掉了
客套话、废话和非必要的话

一个什么都经历过的人
一个内心汹涌澎湃的人

他若有话，不用去问
他若无话，问也无用

旅　途

从清晨出发
他依次遇见了鸭跖草、铁线莲和飞蛾藤

就像在街子的拐角
忽然遇见了卓玛或扎西措
他毫无准备又满心欢喜
还没来得及喊出名字
她们嘻哈着一闪而过

在冗长而单调的旅途
无论他遇见多少汹涌的大河
璀璨的星辰
无论他见过多少辉煌的世面
都无法替代他偶遇她们的那个清晨
多么意外，多么未知
谁也无法预料下一秒再遇见谁

乐　章

所有的波浪都有来由，
一圈圈荡漾的水波
绸缎般起伏的麦浪
它们一定听见了什么

所有的夜晚都有它的乐师，
作为小提琴手的蛐蛐
和作为歌手的夜莺
它们一定听见了什么

而我确实也听见了一些什么
有支乐章敲着我的骨头
我无法停
它怂恿我一直往前走

祈 求

无数次，我苦苦祈求
那些无助的愿望
实现一个也好，
几乎没有这种可能。
日复一日
我苦苦乞求，
没有结果。
有一次，我万念俱灰
处境艰难
忘了祈求，
不再相信它的存在。
可就是那一次，
它暗中帮助了我，
虽然我仍然看不见
它在我头顶闪过，
可我发誓，它在那里
千真万确。

不可言传

我曾在深夜轻轻哼唱过
一些古老的曲子
碎银般散落的音节
从嗓子间轻轻滑过
如鱼尾游弋湖中
如玫瑰口吐香气
在黑暗中久久不散
嘴唇因歌唱而闪闪发光
曲子因复活而四处飞升

空

曾深深爱，被爱
曾行走江湖，隐居市井
曾欲说还休，静默如水
曾贪婪无度，节制清欢
曾与命运对弈，握手言和
汲一处清泉，
煮一壶新茶
此时彼时
虽鸟鸣遍布，松涛滚滚
山谷空空如也

各得其所

一处房有一处房的时运
一扇门有一扇门的风景
一张桌子有一张桌子的纹理
一块桌布有一块桌布的爱情
一只碗有一只碗的寿命
一本书有一本书的故事

它们简单自在，相安无事
相处一室，各领各的福泽

放　下

仅此一次
她什么都没带

通往寺院的小径上
卸掉了全部的愿望

尘世各种担当
把她压得那么重，那么低

就在她放下一切时
得到了一切

不经意转身瞬间
一只久违的蝴蝶轻盈飞过

对　手

林间有百兽
心中住猛虎

无数善念恶念
每日反复交替

忽而放晴
忽而阴雨

有时如半山急流雷霆万钧
有时如石上青苔缓慢耐心

常常被击败
常常又征服

对手多么强大
化身成爱人和我形影不离

恩　宠

一扇琴声弥漫的窗户
通向春天傍晚的街道

五线谱上淌出的音符
鱼贯而行

一位经年失聪的老人抬起头
一辆婴儿推车瞬间停止哭闹

一簇晚风中的蔷薇打开花骨朵
仿佛银色的月光就要倾洒下来

我暗自窃喜，看见眼前的奇异
而相比未见，这所见多么有限

这么多年各种深不可测的恩宠
总在迂回辗转后才慢慢领受

暗　示

午休前，怜悯尚在炎热中的事物
醒时一对鸟儿飞来停歇在窗台

某夜晚，对一盆快枯萎的植物心生厌弃
清晨它竟怒放出惊人的力量

是什么看穿了我
回应那些善念、恶念

环顾四周，安然无恙
万物静默，各自有序

什么给我暗示，不敢轻易起心动念
混入一如既往胆大妄为的人群

金　刚

这微妙，这信心
一日比一日更生
渐渐圆满，一日比一日
更澄明更空旷
世上最坚不可摧
最柔软不可及的东西
什么也伤害不了它
也不伤害任何什么
——
被她这样幸运获得！
一滴露珠从头到尾暗示并牵引了她。

复　活

每天有多少美好
不为人知

大黄蜂每分钟扇动 200 次翅膀
才能在空气中托住圆滚滚的身体

尘埃辗转过千万次
才能在这一秒被我们遇见

它们从未放弃
世界无常依旧

年轻复年轻
美丽复美丽

倾空又注满
一成不变又气象万千

噢，有些东西不允许我衰老
不允许我不爱

不可思议

沏一壶冻顶乌龙
或两碗小青柑
静坐对饮

一间陋室，
几面落地窗
任光阴滚滚而过

曾妄念纷飞又心若止水
曾急急远离又慢慢返归
曾苦苦等待又无所等待

那些虚名、浮华、执着
那些狂放不羁
那些孤注一掷

万千盏灯
在窗外明明灭灭
浩浩荡荡

一切遥不可及，
转念一切近在眼前

后　记

自上一本诗集出版至今，已过去九年。细想自己这九年，没有几件事足以挂齿。唯一一件大事就是我终于成为母亲——一个完整的女人。

也正是我成为母亲的那一年，我才开始慢慢懂得了自己的母亲，浑浑噩噩三十多年，才有一些恍然大悟。

历经破碎依然完整，历经黑暗依然光明，爱过绝望过依然在爱——大地上的女人们坚韧得如此强大，而她们的人生常常被误解或忽略，我的母亲只是其中一位。面对孩子，她们的爱也许盲目、偏执、狭隘，但不容分说、不计后果。这到底是一种怎样强烈的情感？

我一直试着用文字为她们画像：正面、背面、侧面，似乎每一张都不完美，只依稀勾勒出了她们的影子。

在这本集子中，有一部分是我写给女儿的诗。当女儿出世，我几乎重新活了一次。伴随她成长的一路，她启迪了我，点亮了我，触动了我想要探寻她心灵世界的愿望。孩子们远比自以为是的大人们聪明，超出我们的想象，她们的智慧是天生的。她们有无法向世间解释的秘密。她们有她们的精灵、她们的护佑，她们有与自然和谐的天性，她们有与生俱来的美，她们有惊人的想象力和创造力。并且，爱是有巨大反弹力的，当你毫无保留地去爱孩子时，与其说是我们在给予，不如说是我们备受其滋养。

孩子们的语言天然就是诗，我常常只是记录而已。她们拯救我们日益枯竭的心灵、拯救我们不断失去的部分，医治我们越积越多的贪婪、自私、做作、虚荣。

她们让我们重新出生。

感谢孩子们。

还要感谢永远给予我源源不断养分和灵感的故乡，无论走到哪，它一直在我血液里、呼吸中。

我女儿小名欢喜，我也给这本集子取名为"欢喜"。

谨以此集献给所有母亲以及孩子们!

谨为后记。

2022 年 7 月 13 日

图书在版编目（CIP）数据

欢喜 / 鲁娟著.-- 武汉：长江文艺出版社，
2023.1
（第 38 届青春诗会诗丛）
ISBN 978-7-5702-2898-0

Ⅰ．①欢… Ⅱ．①鲁… Ⅲ．①诗集－中国－当代
Ⅳ．①I227

中国版本图书馆 CIP 数据核字（2022）第 165365 号

欢喜
HUANXI

特约编辑：隋　伦

责任编辑：王成晨　　　　　　　　责任校对：毛季慧

封面设计：张致远　　　　　　　　责任印制：邱　莉　　王光兴

长江出版传媒　长江文艺出版社

出版：
地址：武汉市雄楚大街 268 号　　　邮编：430070
发行：长江文艺出版社
http://www.cjlap.com
印刷：湖北新华印务有限公司

开本：880 毫米×1230 毫米　　1/32　　印张：5.375　　插页：4 页
版次：2023 年 1 月第 1 版　　　2023 年 1 月第 1 次印刷
行数：3267 行

定价：52.00 元